DANGERS

DE

LA SITUATION PRÉSENTE.

IMPRIMERIE DE BAUDOUIN FRÈRES,
RUE DE VAUGIRARD, N° 36.

DANGERS

DE

LA SITUATION PRÉSENTE;

PAR N. A. DE SALVANDY.

Abyssus abyssum invocat.

PARIS.

MADAME CELLIS, LIBRAIRE,

RUE DU CHERCHE-MIDI, N° 4.

DELAUNAY, LIBRAIRE, AU PALAIS-ROYAL.

1819.

DANGERS

DE LA

SITUATION PRÉSENTE.

CHAPITRE PREMIER.

État de la question.

Révocation de l'Ordonnance du 5 septembre.

Le discours de la couronne peut avoir commencé pour la France une ère nouvelle : et comme la France veut avant toutes choses de la stabilité, l'effroi public repoussera l'avenir inconnu qui nous est offert. Chaque citoyen aura le droit de craindre, si la patrie, communauté de tous les intérêts sociaux, doit redescendre dans l'arène des innovations politiques, cette arène dont il n'est pas au pouvoir des hommes de poser les limites.

Le parti même qui demandait en aveugle que l'édifice de nos institutions naissantes fût détruit et renouvelé jusqu'à ses bases, s'arrêtera, effrayé du succès de ses vœux, alors qu'un premier assaut devra être livré. Il sait que si la Charte, seule barrière devant qui les factions reculent, est une fois enfreinte, la monarchie restera, comme une place ouverte, en proie à toutes les passions, à toutes les théories. Il sait, qu'impopulaire par ses alliances autant que par ses projets, il ne peut renoncer à la protection du pacte constitutionnel, sans jouer sa propre vie, et avec sa vie le sort de la restauration tout entière, aussi bien que celui de l'indépendance nationale et des libertés publiques.

Le provisoire né de la subversion des cent jours, n'était pas dans l'intérêt de la royauté, qui veut être stable de sa nature ; il ne pouvait être non plus dans l'intérêt d'une nation où il n'y avait que terreur et lassitude. En arrachant l'une et l'autre à l'empire du provisoire, par l'ordonnance du 5 septembre, le Roi les avait donc rassurées, c'est-à-dire, affermies toutes deux. Il avait frayé une voie large et sûre : il avait fixé le but que la liberté devait atteindre ; ce but était à la portée de tous les regards ; et par cela même, forte des garanties données, forte des garanties promises, la maison de Bourbon pouvait marcher avec confiance vers un avenir que le fondateur auguste de la Charte rendait chaque jour plus facile, en attachant la cause de sa dynastie à toutes nos espérances comme à toutes nos prospérités.

L'ordonnance du 5 septembre vient d'être rapportée : peut-être, l'est-elle plus que le pouvoir ne le pense, plus même qu'il ne le veut : je crains qu'elle ne le soit tout entière ; on saura bientôt que ses dispositions réglementaires ne sont pas seules abrogées : le mouvement emportera les volontés qui l'impriment : tout ce qui avait été édifié sera détruit, tout ce qui avait été battu en ruine se relèvera aussitôt ; nous arriverons à une sorte de tyrannie parlementaire, exploitée au profit de certains intérêts et de certains hommes, ou bien peut-être, à je ne sais quel despotisme expérimental, qui serait aussi une manière de conduire la monarchie à sa perte. Encore un pas dans la carrière où la France va être engagée en dépit d'elle, et le régime des coups d'état sera mis en œuvre, de toute nécessité. Puisse-t-on en portant la hache dans nos institutions libérales, les seules choses qui aient jeté des racines, ne pas calculer trop tard quelle serait la portée du coup, s'il lui arrivait de tomber à faux.

CHAPITRE II.

Motifs.

État de la Liberté.

La Charte s'établissait, et la maison de Bourbon avec elle, quoi qu'on en puisse dire. Déjà plusieurs lois fondamentales nous avaient été données, et toutes rendaient témoignage de la politique éclairée du prince, en consacrant les progrès de la raison humaine.

C'est alors que l'œuvre constitutionnelle est arrêtée : les promesses sont interverties ; les barrières légales, qui n'étaient menaçantes que pour les ennemis de la cité, restent suspendues et vont être brisées :

Pendent opera interrupta, minæque
Murorum ingentes.........

De ces faits sort une vérité qui, du reste,

n'est pas voilée ; la royauté s'effraie de son ouvrage ; elle recule devant ses concessions récentes : ou elle juge que la faction du 20 mars est redevenue menaçante, ou elle ne voit plus, dans la liberté, son alliée, mais bien son ennemie.

Certes, le moment me paraîtrait mal choisi pour ces terreurs ; la liberté est partout proscrite ; d'un bout de l'Europe à l'autre, il y a contre elle un pacte entre les intérêts de l'aristocratie et le pouvoir, plus que jamais absolu, des rois. La Pologne perd ses franchises, l'Espagne ses espérances, la vieille Angleterre sa constitution, que le pouvoir militaire envahit de toutes parts, tandis que le congrès de Carlsbad met les puissances germaniques en état de guerre avec la civilisation même ; car, la liberté n'est autre chose que la civilisation, introduite dans le gouvernement des peuples.

Et comme si ce n'était pas assez de l'alliance des pouvoirs politiques, une puissance plus redoutable les seconde, une puissance qui a des armes sacrées, qu'il n'est pas plus facile d'éviter que d'atteindre, qui s'établit pour combattre au sein des affections et des consciences, qui s'empare des sentimens intimes, des craintes, des espérances, des forces de la faiblesse même, pour s'attaquer à l'esprit humain et le plier au joug d'une sorte de féodalité, religieuse autant que politique. Le moyen âge est redevenu possible, car les jésuites sont ressuscités.

Déjà la France est envahie par eux ; la contre-révolution a ses missionnaires, et ce n'est point sur le clergé légal, sur les administrations, sur la magistrature, sur l'armée, que la liberté fondera ses espérances ; elle n'a pour elle que les vœux de l'opinion nationale et le bras du prince : sera-t-elle privée de cet auguste appui ?

Une considération grave plaidera maintenant sa cause : le peuple français, après avoir été le maître du monde vingt ans, fut humilié deux fois ; et c'est au milieu de nos revers que les Bourbons nous ont été deux fois rendus. Or, il importe à ces princes que le gouvernement du Roi respecte, avant toutes choses, ce que j'appellerai le point d'honneur national d'un peuple belliqueux et outragé. Ce n'est pas assez d'avoir embrassé la cause de la fierté française, en revendiquant pour le trône l'adoption de notre gloire, en réclamant la délivrance de notre sol. La maison de Bourbon compromettrait ses destinées et par conséquent les nôtres, s'il se pouvait que notre cabinet ne fût pas affranchi comme nos provinces, que la diette de Francfort eût stipulé aussi pour la réformation de nos lois, et que le tribunal, qui semble réserver à la république allemande le gouvernement de l'ancienne Venise, ne se fût pas, sans dessein établi à nos portes.

Tout ce qui sera fait, à dater d'aujourd'hui, sera, au premier abord, impopulaire, comme si l'administration avait trempé dans les décrets de Carlsbad. Car il se trouvera des bouches hostiles pour lui imputer ce tort, et des esprits défians pour y croire.

En effet, on ne voit pas assez ce qui, au-dedans, a déterminé la secousse que le pouvoir nous donne. Quand une fois un gouvernement a tracé sa route, un nom propre peut se jeter à la traverse sans lui faire changer sa politique : il y a partout des noms propres, devant qui la raison et l'honneur reculent.

Parce que certains hommes auront mis la liberté dans l'anarchie, ou la gloire dans le despotisme, et d'autres la modération dans la servilité, ou l'ordre légitime dans les réactions sanglantes, faudra-t-il renoncer à la liberté, à la gloire, à la modération, à l'ordre, à toutes ces grandes choses sans lesquelles il n'y a pour les gouvernemens, non plus que pour les peuples, ni honneur, ni force, c'est-à-dire, point de stabilité? Sachons nous affranchir d'une circonspection qui est faiblesse; sachons vouloir la liberté en dépit des souvenirs de la terreur, comme nous voulons la monarchie malgré les massacres de Nîmes.

Quelques hommes ont pris une tâche étrange; ils se sont attachés aux archives révolutionnaires; ils s'enfoncent dans tous les forfaits dont les annales de nos malheurs sont remplies; ils nous forcent à retraverser avec eux cette mer de sang; et s'ils réussissent à faire quelque découverte, à rencontrer quelque vieux crime échappé jusqu'ici à nos regards, ils triomphent, comme si le passé dont ils s'emparent n'avait pas été assez fécond en attentats, pour que tous les partis aient à redouter l'histoire, à se voiler la tête devant elle, et à confesser des remords.

Il y a une pensée au fond de toutes ces atrocités. Ceux qui voulaient, il y a trente ans, proscrire la religion de Jésus-Christ, parlaient sans cesse de la Saint-Barthélemi et de ses fureurs. Comme l'imitation est le propre des partis, comme ils emploient tous les mêmes armes parce que les mêmes passions les meuvent, ceux qui veulent aujourd'hui proscrire la liberté et ses bienfaits, appellent constamment nos regards sur les échafauds que nos révolutions ont dressés. Il faut crier sur les toits que la tolérance n'est autre chose que de l'athéisme, l'égalité un brigandage, la liberté le régicide.

On jette l'alarme, parce que tels hommes qui furent les complices de notre anarchie, tels autres qui le furent de notre servitude, parlent sans cesse de cette liberté dont ils ont tour à tour méconnu les devoirs et les droits. Ne voit-on pas qu'ils tiennent à elle comme ils tiennent à leur fortune et à leur tête? Tout le monde veut la liberté à titre de sauve-garde. Il y a de plus les hommes qui, désintéressés dans la cause de la révolution, et souvent unis par plus d'un lien au parti contraire, demandent aussi des institutions libres, par respect pour l'espèce humaine, ou par un amour éclairé de la maison royale.

CHAPITRE III.

Suite du précédent.

État des Partis.

L'aristocratie a besoin d'intéresser partout les rois à sa querelle : elle essaye de faire arriver jusqu'au trône les coups que le parti national lui porte. Que ses déclamations ne trouvent pas la maison de Bourbon crédule ! Ce ne sont pas les rois qui sont les ennemis des peuples.

Si la double restauration de 1814 et 1815 n'avait été faite qu'au profit d'une famille royale, la liberté aurait eu moins de prosélytes ; les hommes qui l'ont constamment voulue, et les générations vierges dont l'ame noble et pure embrasse avidement toutes les idées généreuses, auraient seuls réclamé un un gouvernement libre : ce n'eût été qu'une question de sentiment et de théorie.

Mais à peine le drapeau de 89 eut-il détrôné les enseignes de 91, qu'au même instant surgirent les hommes que la révolution a frappés, les intérêts qu'elle a détruits, les principes qu'elle a vaincus : en un mot, l'aristocratie apparut en armes, et nos malheurs ont voulu que la tempête eût poussé la maison régnante au milieu de ses rangs.

La révolution était en présence, c'est-à-dire les hommes qui l'ont faite, les intérêts qu'elle a créés, par exemple la gloire de nos armes, et les principes qui l'avaient produite, principes généreux, sacrés, impérissables, qui ont résisté à ses crimes et survécu à sa défaite. Toutes ces choses ne sont pas également pures, mais toutes, ayant les mêmes ennemis, se trouvent solidaires et alliées par la communauté du péril ; cet ensemble compose ce qu'on peut appeler le parti national ; or, ce parti avait tout à craindre : des sûretés lui étaient dues....

Autrefois les huguenots auraient obtenu des places fortes; mais l'esprit humain a fait un grand pas depuis lors, et ce sont des lois que la nouvelle France demande.

Voilà pourquoi une haute sagesse a dicté la Charte ; mais toutes ses conséquences n'ont pas été appliquées : il n'y a donc qu'une trève entre les deux camps ; et les passions restent vigilantes, parce que beaucoup de vœux ne sont pas réalisés, et que beaucoup de craintes pourraient l'être.

De-là vient que certains actes ont une couleur offensive ; à y regarder de près, on verra que l'opinion qui semblait attaquer ne songeait qu'à se défendre.

Quand des garanties solides auront été données, quand l'avenir ne pourra plus être livré au hasard de combinaisons impopulaires, quand le parti national sera assez fort dans la cité pour ne plus y craindre le parti contraire, qui doit dominer dans la cour ; quand la liberté aura été mise par les lois à l'abri des coups de main de la contre-révolution; alors, seulement alors, le pouvoir devra traiter comme séditieuse l'ingratitude qui se ferait une arme des concessions du prince. Mais alors aussi, la France, en se livrant à la merci des factieux, prouverait qu'elle ne méritait pas de devenir libre; et les dépositaires de l'autorité royale, ceux qui, en acceptant la confiance de la maison de Bourbon, ont accepté la tâche de sauver la couronne, auraient alors le droit, ils auraient le devoir de recourir à la force pour maintenir la royauté, que ses bienfaits n'auraient pas assez défendue! Le pouvoir civil et le pouvoir militaire est en leurs mains : ils auraient de plus pour eux le bon droit et la nécessité : ce sont aussi des puissances.

Mais, je le demande, a-t-on fait assez pour la confiance publique? Qui se hasarderait à le dire, aujourd'hui que les paroles recevraient le démenti des faits; aujourd'hui que l'ordonnance du 5 septembre est rapportée; aujourd'hui que tout est remis en question parmi nous, que tout est devenu possible, que la liberté n'a pas de lendemain, que la France peut, à toute heure, voir les jours de 1815 se lever de nouveau sur elle?

Aussi qu'arrive-t-il? c'est que le faisceau d'opposition devient puissant, et peut même devenir redoutable, tant qu'on lui laisse le lien qui l'unit : comme ce lien est la crainte, chacune des hésitations du pouvoir le resserre : chacune de ses agressions le fortifie.

La peur est le grand mobile des actions humaines ; c'est elle qui, dans ce moment, préside au jeu des partis ; ainsi voyons-nous des citoyens, amis sincères de la Charte, croire qu'ils ne peuvent mieux assurer sa défense, qu'en proposant à cette noble tâche des hommes chargés de noms irréconciliables avec la dynastie, sans laquelle la Charte n'est pas. On voit ces citoyens aveugles, loin de désavouer les annales sanglantes que la faction contraire leur dédie, s'en emparer pour y choisir des représentans de leurs principes, des mandataires de leurs intérêts : pour se soustraire à un grand péril, ils courent au-devant d'une déplorable complicité ! Un extrême les pousse à l'autre.

Ce n'est pas qu'il ne se rencontre aussi des opinions réellement ennemies ; ce serait même miracle si une demi-douzaine de gouvernemens, dont tous n'ont pas été sans grandeur, avaient péri sans laisser quelques racines. Mais je dis que les hommes à projets subversifs, ne seraient, tout au plus, que les organes révolutionnaires d'une opinion qui ne l'est pas, c'est-à-dire, qu'ils seraient tout puissans pour la défense, et dépourvus de force pour l'attaque.

Ils s'appuieraient sur des intérêts alliés plus qu'identiques, sur des élémens divers et souvent ennemis ; à moins d'un péril commun, rien de compacte, ni les souvenirs, ni les principes, ni les vœux.

L'opinion constitutionnelle représente des intérêts qui demandent des garanties ; comme la conservation est son unique but, elle tomberait dissoute, au premier effort qu'elle tenterait pour détruire.

La dynastie n'a rien à craindre : une faction buonapartiste saurait bien que ses intérêts militaires vont soulever contre elle tous les peuples ; une faction démocratique, qu'elle aurait affaire à tous les Rois.

Que la maison de Bourbon appelle la confiance partout où l'incertitude règne encore, et elle verra l'opposition constitutionnelle se perdre par degré dans la reconnaissance et la sécurité publiques, comme ces montagnes des mers du nord, qui, en arrivant sur nos plages, diminuent chaque jour, et se fondent peu à peu dans l'Océan : le soleil du midi dissout ces masses glacées, à mesure que ses rayons les pénètrent.

Rappelons-nous ce que devint un moment la France, voici bientôt un an, lorsqu'un ministère national nous fut donné. Les partis firent silence ; celui qui était vaincu, c'est-à-dire celui qui redescendait à l'égalité, semblait respecter lui-même la justice du coup dont il était atteint : celui qui jusque-là avait été traité en factieux, payait de toutes parts au monarque le tribut de la gratitude nationale ; le pouvoir trouvait des auxiliaires là où la veille il voyait des ennemis. C'est qu'il les avait désarmés en les rassurant. Toutes les espérances conçues alors ne se sont pas réalisées. Les craintes ont dû renaître, et les hostilités ont malheureusement été reprises. Mais l'ordre légal a-t-il été troublé ? l'autorité du Roi a-t-elle cessé de trouver partout une obéissance loyale et facile ? Non, c'est la Couronne qui l'atteste.

Le pouvoir déclare donc que le péril contre lequel il s'arme déjà, est encore loin de nous; et, si je ne me trompe, les approbateurs les plus sincères des précautions que la Couronne propose, ne se dissimulent pas que des chances de mort sont attachées au système nouveau : ainsi on avoue qu'un danger prochain est mis à la place d'un danger possible; on avoue que la monarchie pourrait périr par l'effort tenté aujourd'hui, pour n'avoir pas peut-être à la sauver plus tard..... Ici les réflexions se pressent en foule.

Rassurons-nous : que le pouvoir se rassure : assez forte pour résister à l'ébranlement qui vient de lui être donné, la monarchie constitutionnelle se raffermira sur ses bases, et sauvera toutes les destinées que la France lui confie : je compte, pour maintenir la paix par la Charte, sur la raison publique, sur le bien-être social, sur la crainte que les deux grands partis s'inspirent, sur l'effroi que chacun d'eux aurait de sa victoire, si une victoire radicale devenait possible à l'un d'entre eux, sur toutes ces choses dont l'ensemble constitue l'esprit public d'un grand peuple qui, abandonné par sa fortune, environné d'ennemis, avide de jouir des conquêtes que la révolution lui a fait payer si cher, doit avant tout vouloir du repos, et ne peut pas, de gaieté de cœur, se précipiter dans l'abîme, lui et toutes ses richesses.

CHAPITRE IV.

Moyens.

Modification de la Charte.

Disons-le, à la gloire de la France : on ne peut nier, de quelques calomnies que des intérêts parricides essayent de la flétrir, on ne peut nier qu'il n'existe en elle une certaine puissance de bien, dont l'action, toujours présente, rétablit l'équilibre des forces sociales et raffermit l'ordre public sur ses bases, chaque fois qu'une secousse nouvelle semble tout mettre en péril. Cette puissance est telle, que dix gouvernemens ont eu beau nous faire courir les aventures ; malgré eux, et pour ainsi dire malgré la fortune, nous n'avons pas péri. Depuis cinq ans, des maux incalculables ont passé sur nous, et nous sommes le plus riche, le plus calme, en un mot le plus heureux des peuples de cette Europe, qui a deux fois paru nous écraser; depuis quatre ans, la paix publique a tenu inébranlable contre toutes les sollicitations des partis, contre toutes les fautes du pouvoir.

Et où réside cette puissance, si ce n'est dans le bon sens national, qui discerne avec un tact admirable ce que l'intérêt public réclame, ce que l'intérêt public repousse? L'instinct du bien qui est dans la nation, repousse le provisoire et réclame la stabilité. Car le peuple est propriétaire, il tient au sol : il y tiendra davantage, à mesure qu'un gouvernement légal continuera de féconder les sources de la prospérité commune.

Les gouvernemens s'accusent eux-mêmes, alors qu'ils signalent dans les sujets l'amour des choses nouvelles. Il n'y a que la misère qui pousse les peuples au suicide.

Mais la France est bien. Aussi, voyez quel spectacle étrange elle présente à l'Europe! La Couronne préjuge qu'une Charte, *octroyée* par elle, n'est pas immuable; et la nation s'est émue de douleur, ainsi que de crainte; et l'opinion qui, la veille, semblait peut-être, au pouvoir, subversive, repousse les subversions que le pouvoir lui-même indique.

Certes, si les voix qui s'élèvent contre le système nouveau sont ennemies, si le vote de l'opposition constitutionnelle est perfide, je suis donc bien profondément aveugle ; car rien au monde ne me paraît plus funeste à la cause de la Royauté que l'atteinte qui vient d'être portée à la sécurité superstitieuse qu'inspirait la Charte.

Quand la maison de Bourbon a repris parmi nous la place qu'elle occupa parmi nos aïeux, tous les antiques liens étaient rompus : les nouveaux pouvaient être longs à former. Il y avait, entre l'ancienne dynastie et la nouvelle France, bien des années, bien des malheurs !

Il se remontre un sage qui dresse un pacte ! ce sage était le Roi, ce pacte était la Charte. Trente millions d'hommes s'entendent pour approuver, pour bénir l'œuvre d'un homme qui leur est inconnu, d'un législateur qui pourrait leur être suspect, d'un prince qui pouvait apporter des vengeances, d'un Roi qui était arrivé de la terre de l'exil au trône de ses pères, à travers les camps de l'étranger !

Ce concours admirable, inoui dans les annales des peuples, s'accroît chaque jour, parce que chaque jour fortifie la sécurité publique par une expérience de plus, et c'est la Royauté qui pourrait briser l'instrument de la réconciliation commune : c'est elle qui se priverait de l'appui immense que lui offre la vénération tutélaire dont les Français ont environné la Charte !

On répond que la proposition de la Couronne est une confirmation nouvelle : de bonne foi, l'ordonnance du 5 septembre, les trois ans de fidélité qui l'ont suivie, et l'expression soutenue de la reconnaissance publique, n'étaient-elles pas une confirmation plus sûre ? Si, après la solennité de ces engagemens, elle peut être aujourd'hui modifiée par la seule intervention de l'initiative royale, qui a le droit de répondre qu'elle ne sera pas abrogée plus tard ?

La discussion des Chambres, dites-vous! Oui, voilà une garantie ! Mais nous savons comment le pouvoir s'y prend pour avoir des Chambres dociles. Qu'il soit permis de craindre le 18 brumaire de la monarchie; qu'il soit permis de craindre des réactions légales : si la loi des élections est changée aujourd'hui, elle n'aura peut-être pas besoin de l'être une fois encore, pour que la Chambre introuvable soit retrouvée.

La Charte est donc en péril, la Charte, unique fondement de la confiance que la nation et la dynastie doivent s'inspirer l'une à l'autre.

Je ne suis pas de ceux qui pensent que l'acte fondamental est à jamais immuable. Rien n'est immuable sous le soleil : la société ne peut pas l'être, ni par cela même les lois qui la régissent.

La Charte a été tracée au sein des nuages. Autour du législateur grondaient encore les tempêtes. Il ne voyait la France qu'à travers un éloignement qui aurait permis à ses lumières de ne pas discerner et tous les vœux du présent, et tous les besoins de l'avenir. Le coup-d'œil, prime-sautier du prince, a démêlé que le système représentatif était la condition de l'existence nationale. Il a accompli cette grande création en donnant les tables de la loi ; mais les détails ont pu échapper à sa sagesse.

D'ailleurs, la vie n'est qu'un renouvellement

progressif et régulier : les corps politiques sont soumis à cette loi éternelle de la nature.

Partout les constitutions ont pourvu à leur propre durée, en portant avec elles le germe des modifications que la marche du temps devait rendre nécessaire. Nos essais divers avaient, d'après l'exemple des anciens, d'après l'exemple des États-Unis, institué tous un système méthodique de revision. La constitution de l'an VIII n'avait pas eu cette prévoyance; établie sous les auspices d'un homme qui s'apprêtait à la tyrannie, elle avait fait une omission dont le pouvoir souverain devait profiter plus tard pour remplir, sans l'intervention de la voix publique, la lacune habilement laissée dans la loi.

La même lacune existe dans la Charte. La Couronne explique ce silence par l'initiative qu'elle vient de prendre.

Ici, une observation importante : personne ne peut admettre que, si une disposition de l'acte fondamental mettait la société en danger de mort, le droit de la sauver ne résiderait nulle part. Ce droit existe. La souveraineté le réclame; mais quelle souveraineté, diront les partis ? celle du Roi ou bien celle du peuple ?

Toutes les difficultés sont levées en revêtissant de ce droit suprême les trois pouvoirs qui coopèrent à la confection des lois. On éviterait ainsi à l'État des chances de despotisme ou d'anarchie.

Les Chambres commettraient une faute grave en ne s'attribuant pas cette auguste prérogative : il arriverait quelque jour, que la Couronne, profitant de leur silence pour regarder la Charte comme une concession viagère et une propriété inaliénable du trône, revendiquerait le privilége souverain de modifier à son gré la constitution écrite; les circonstances de son établissement, son origine royale, le titre qu'elle porta d'abord, l'ordonnance de juillet 1815, celle même du 5 septembre, et enfin, ce qui se passe maintenant ne justifieraient que trop les prétentions du monarque. Le pouvoir est un terrible sophiste.

Le principe d'une revision posé, reste à discuter le mode d'application; car mon esprit ne saurait se plier à croire que la Charte, type sacré de notre législation entière; la Charte, gage de la durée de tous les intérêts politiques, sauve-garde des droits de la dynastie et des libertés du peuple;

la Charte, destinée à vivre autant que la monarchie, qui, elle-même, doit ne pas périr, puisse être altérée comme cette foule d'actes législatifs, applications momentanées de l'un des principes de la constitution, instrumens fragiles de leur nature, parce qu'on les établit souvent pour des besoins d'un jour.

La Charte est autre chose qu'une loi, car elle est antérieure à notre puissance législative; elle est plus qu'une loi, car c'est d'elle que toutes les institutions émanent. C'est par elle que jurent tous les pouvoirs; le citoyen, en promettant d'être fidèle à son pays, apprend que la monarchie française semble reconnaître aujourd'hui quelque chose d'aussi haut que la royauté, puisque à côté du nom sacré du Roi, se trouve, dans la formule de nos sermens, le nom seul de la Charte.

Prenons-y garde! aujourd'hui elle est traitée comme une loi; demain, c'est comme une ordonnance qu'elle pourra l'être.

Pourquoi non, s'il se peut que les ministres du Roi déposent sur le bureau des Chambres un projet de loi contraire aux dispositions positives d'un pacte dont l'observation a été jurée par le Roi, par les ministres et par les Chambres ? Du reste, cette entreprise est hasardeuse. Faut-il encourir la chance de voir une opposition entière demander que le conseil du Prince soit traduit à la barre ?

Pour éviter ce scandale, une loi doit, avant toutes choses, être proposée, dont le premier titre arrête que des modifications peuvent être apportées à la Charte ; le second en déterminerait le mode.

Je ne discuterai pas les précautions qui devraient être prises ; je n'ai pas assez réfléchi sur cette grave matière pour oser émettre un système ; mais il me semble que la nature des choses en donne les élémens :

1°. Le grand intérêt de la société en France, est que la Charte soit éternelle : d'où il résulte qu'un de ses articles ne saurait être effacé sans qu'une rédaction nouvelle ne fût substituée à la rédaction abolie.

De-là, un grand avantage : c'est que le pouvoir législatif ne discuterait point *ex abrupto* des dispositions contraires à l'acte fondamental. L'ordre constitutionnel ne serait point interverti. Ce serait toujours de la Charte qu'émanerait la loi. Il n'y aurait pas d'interrègne.

Vous auriez, en outre, une discussion de plus. Vous mettriez, à fonder des institutions, le respect que le parlement anglais applique à donner des bills. La délibération est toujours précédée de trois lectures.

2°. Dans une modification de la Charte, il importe deux choses: qu'elle ne soit pas accordée à la fureur d'une faction ou aux caprices d'un homme, et que la nation soit interrogée, parce qu'il s'agit de ses intérêts les plus chers. Or, rien de plus facile. L'initiative serait donnée aux Chambres comme à la Couronne; lorsque la proposition de modifier un article de la Charte aurait été, suivant les formes ordinaires, adoptée par les trois pouvoirs, la rédaction nouvelle ne serait proposée qu'à la session suivante; et peut-être une politique moins précipitée que la nôtre adopterait-elle qu'il faut que la Chambre des députés se soit renouvelée dans l'intervalle ou par l'exercice de la prérogative royale, ou par le cours naturel des choses : car ainsi l'opinion nationale, éclairée par les discussions des publicistes comme par les délibérations des Chambres, exprimerait librement son vœu et siégerait dans les communes par les mandataires nouveaux qu'elle se serait donnés. On m'objecte que ces délais sont éternels : je réponds que des législateurs, dont tous n'ont pas manqué de génie, avaient institué ces délais et beaucoup d'autres. Je réponds qu'on ne saurait trop temporiser quand on décide aventureusement l'avenir tout entier d'un peuple. Je réponds que l'objection est bien jeune, que c'était à moi de la faire, et à mes adversaires de la réfuter.

CHAPITRE V.

Suite du précédent.

Renouvellement intégral.

Nous venons d'envisager l'ensemble du système nouveau : nous l'avons jugé inconstitutionnel dans le fond et dans la forme. Arrivons aux détails.

J'avoue que loin d'être effrayé des chances dont on croit la monarchie menacée, je le serais bien plutôt des sauve-gardes que propose une politique hasardeuse ; mais ici que la réflexion seule est guide et juge, je dois trop me défier de mes lumières pour combattre avec quelque assurance une opinion avancée par des hommes d'une expérience considérable ou d'une haute sagacité : ce sont des doutes que je soumets au public français ainsi qu'à eux.

La question d'opportunité me paraît seule facile à résoudre. Je ne comprends pas que le moment soit bien choisi pour confier aux passions irritées le soin d'établir des théories aventureuses sur les ruines de l'édifice constitutionnel qui s'élève à peine.

Je ne comprends pas davantage pourquoi le renouvellement intégral serait plus rassurant pour la maison de Bourbon, que le renouvellement annuel n'est jugé l'être. J'espère que nulle part il ne saurait y avoir de péril pour elle : mais je pense que si le péril devait naître, ce serait de l'institution qu'on veut créer.

Le renouvellement annuel a des inconvéniens, comme toutes les choses de ce monde : il en est trois dont la gravité paraît suffire à déterminer l'essai d'un nouveau système ; le premier est de donner tous les ans une secousse à la France, et de tenir sans cesse en éveil l'espoir des factions ; le second, de laisser constamment le pouvoir suspendu entre le travail de la session des Chambres et le travail des élections nouvelles ; le troisième, de soumettre chaque année la puissance législative, et par suite le ministère lui-même, à l'action subversive des partis.

N'est-il pas sans quelque exagération de dire, que l'élection d'un cinquième prononce un mouvement aussi énergique qu'une élection totale ? Ne serait-on pas plus fondé à croire que le pouvoir se méprend, en supposant l'État ébranlé par une crise qui n'opère que sur lui-même ? La réunion des colléges n'irrite pas l'agitation des esprits, ce qui serait un mal, mais l'occupe et la dirige, ce qui est un bien. Pourquoi vouloir obtenir de la France un calme léthargique que le régime impérial même n'aurait pas exigé d'elle? loin de là, ce n'est pas d'émotions que sa politique se montrait avare. Napoléon avait soin de les multiplier à l'aide de ses levées d'hommes, de ses détrônemens, de ses victoires : il savait que les peuples se créent toujours les distractions qu'on ne leur ménage pas. L'art d'un gouvernement est de donner des alimens à une inquiétude, qui ne cesserait de se renfermer dans les bornes légales, que si on avait la prétention de l'étouffer. Cette inquiétude est vague dans ses démonstrations : elle ne l'est pas dans ses causes.

Le second grief ne me paraît pas assez solide, pour y opposer tout ce qu'on en pourrait dire. Je conçois que le renouvellement annuel ait plus d'inconvéniens administratifs qu'il ne m'en présente de politiques. Je conçois bien aussi que le sommeil de la France serait quelque chose d'encore plus commode ; que l'administration serait mieux à l'aise s'il n'y avait ni élections, ni Chambres, ni publicité..... Mais je sais que ce n'est point là ce que veut le Roi, ce que veut la France, ni, par suite, ce que les ministres veulent.

Reste l'objection décisive que chaque cinquième impose à l'autorité royale, la nécessité de combinaisons nouvelles, en déplaçant la majorité des Chambres. Est-il vrai que l'opinion change à plaisir les dépositaires du pouvoir ? Non ; les partis nous ont prouvé, depuis quatre ans, que leurs agressions les plus passionnées s'arrêtent devant les considérations d'intérêt public. Les systèmes impopulaires s'écrouleront seuls ; et c'est précisément pour cela que le gouvernement représentatif nous est donné. Dans les autres États, le peuple dont les vœux ne sont pas accueillis, incendie les palais, et au besoin les trônes.

A part les circonstances où nous sommes placés, le nouveau cinquième n'a pas d'influence sur la Chambre des pairs, et la Chambre des députés n'est modifiée par le changement de ses membres, que dans l'hypothèse où quelque grand débat serait né pendant l'intervalle des sessions, entre le pouvoir et l'opinion publique. Alors, ce ne sont plus des commettans que l'opinion se donne ; elle envoie des juges.

La grande erreur est de décider ce que le renouvellement annuel devra être, par ce qu'il a été jusqu'à ce jour. Ne voit-on pas que nous ne sommes point encore entrés dans le cours naturel des choses ? Un système déplorable d'élections a été remplacé par la loi nouvelle. La nation n'est entrée que successivement en jouissance de ses droits : toute la nation ne les a pas encore exercés. Chaque fois qu'un nouveau cinquième arrive à la Chambre, la Chambre se met mieux en rapport avec les intérêts et les opinions qu'elle représente. Attendons que ce travail d'équilibre soit terminé;

attendons aussi que l'établissement complet de notre droit public ait calmé les irritations conscieneieuses, et, alors, le renouvellement annuel pourra être jugé ; alors, nous verrons la représentation nationale, monarchique par la fixité de ses principes comme par l'immuabilité de ses formes, se renouveler constamment et ne changer jamais. Sur le trône passeront des générations de rois ; à la tribune, des générations d'orateurs; mais, dans chacun des deux pouvoirs, vivra toujours la même politique.

J'arrive à l'objection capitale : on redoute ce temps que j'invoque ; ce temps où la Chambre des députés sera toute entière renouvelée, toute entière hostile.

Quel besoin de terreur nous poursuit? L'année dernière, plus de cent vingt députés siégeaient avec un mandat que la loi actuelle leur avait donné. Une question grave s'éleva. D'un côté étaient les principes; des souvenirs étaient de l'autre. Les principes n'eurent que dix-sept défenseurs. Le sentiment royaliste entraîna tous les suffrages; c'est-à-dire, qu'en admettant que les dissidens eussent tous été choisis sous l'empire de la dernière loi, ce qui est faux; en ne leur attribuant que des opinions ennemies, ce que l'esprit de parti lui-même n'oserait pas essayer, toujours est-il que cette loi, qui est traitée en factieuse et en régicide, assure à la monarchie, au respect religieux de ses convenances, alors même que la légalité ne les consacre pas, environ les six septièmes des voix de l'assemblée.

Mais, admettons un moment que l'assemblée puisse se trouver offensive : je demande comment le renouvellement intégral évitera ce malheur : est-ce parce que la représentation n'aura plus dans son sein des vétérans, calmés par l'habitude des affaires et par le contact du pouvoir ? Est-ce parce que les nouvelles nuances n'auront plus où s'adoucir et se perdre, parce que sur tous les bancs éclateront la première année cette chaleur de préventions, cette vivacité de projets, que peut seule adoucir l'expérience des choses positives? Est-ce enfin parce que dans les derniers temps, ce ne serait plus, comme aujourd'hui, une fraction de la Chambre, mais la Chambre entière qui aurait besoin de se recommander aux suffrages des colléges par la popularité d'une fougueuse indépendance ?

Je le demande : sans doute, nous ne faisons pas nos lois, pour le jour : nous prétendons les léguer au lendemain ! Hé bien, que deviendrait la monarchie s'il arrivait que, dans la suite des temps, un monarque trompé sur l'état de la France, livrât son autorité à des mains impopulaires, et que des *élections radicales* survinssent dans l'exaspération de toutes les inimitiés et de toutes les craintes ? Certes, c'est bien alors qu'il serait permis de concevoir une Chambre menaçante. Que fera donc la Couronne pour se rallier à une majorité ombrageuse, pour choisir, dans une foule prévenue et toute neuve, des hommes à la fois loyaux et habiles, à qui elle puisse confier sans péril son avenir avec sa puissance ? La dissolution légale n'offrirait que des dangers de plus : resteraient donc les coups d'État...... Pourquoi toujours ce mot de sinistre présage, chaque fois qu'il s'agit d'avenir ? Ne serait-ce pas que le présent nous y mène ?

En effet, ce que nous venons de dire peut être réduit à ce dilemme : Ou le système des élections annuelles était sans danger, et alors, pourquoi une secousse, qui est à elle seule une calamité ? Ou, si le danger est manifeste, comment le parlement quinquennal réussirait-il à nous sauver ?

Ce raisonnement est d'une évidence qui désespère ; car le pouvoir a, de toute nécessité, dû s'imposer la solution de ce problème, et ce n'est que dans les moyens violens qu'il a pu la trouver.

Il faudra, ou que la Chambre actuelle soit déclarée permanente, ou que la loi des élections soit changée dans ses bases, deux choses contre lesquelles la raison publique se soulève, deux choses qui sont, la première, une grande hostilité contre les franchises nationales, la seconde, un coup d'état amendé par les formes.

CHAPITRE VI.

Suite du précédent.

Permanence de la Chambre des députés. — Changement de la Loi des élections.

La loi, qu'on appelait naguères la Charte électorale, est fondée sur deux grands principes : la capacité de quiconque paye cent écus d'impôts, et l'élection directe. Tout le reste n'est que réglementaire.

Sans doute, améliorer les dispositions accessoires, ce serait perfectionner le système. Établir, par exemple, la discussion des suffrages, ce serait étendre l'action du gouvernement représentatif, mettre en jeu son ressort, qui est la publicité, créer sa force, en faisant naître le courage civil dont la liberté a besoin, comme le soldat a besoin de ses armes...

Venons-en à ce que chacun ose enfin être tout haut de son propre avis !

Mais je crains que ces modifications ne soient intempestives : je crains que la sécurité publique en soit ébranlée. Je crains qu'il faille promulguer toutes les conséquences de la Charte, avant de perfectionner celles qui viennent d'être déduites. Établissons d'abord le bien : le mieux naîtra de lui-même.

L'ordonnance du 5 mars, cette ordonnance qui a créé soixante pairs, institués comme pour être, dans la Chambre haute, les commettans de la loi des élections, cette ordonnance de longue mémoire, parle pour mon opinion plus haut et mieux que je ne saurais le faire. Que dirai-je du projet de déplacer les bases mêmes du système électoral ? Ne serait-ce pas bouleverser notre système représentatif, manquer à la foi jurée, ravir des armes légales à des intérêts légitimes, dire à la France que la Royauté est craintive, ou à l'Europe que la France est factieuse.

Ajoutons qu'on ébranlerait le roc aujourd'hui pour en être écrasé demain : quel que soit le système électoral d'un peuple, on ne saurait exclure l'opinion dominante, du sein des assemblées élues. Dès-lors, que le pouvoir ne craigne pas de constituer à cette opinion la majorité parlementaire, et pour la maîtriser il n'aura plus qu'à se mettre à sa tête. En la réduisant au rôle d'opposition, il conspirerait à sa propre perte; car une minorité populaire est facilement factieuse, et par cela même toute puissante, puisqu'elle parle aux passions comme aux intérêts du grand nombre. Alors, les gouvernemens se réfugient derrière le développement de la force; les institutions sont brisées, le corps politique dissous, et les révolutions ramènent ces alternatives de despotisme et d'anarchie, triste partage des peuples qui, après de longues crises sociales, ont le malheur de ne pas devenir libres.

Certes, qu'on ne pense pas éviter ce résultat sinistre, en prolongeant par un acte législatif la durée de la Chambre présente. Il est temps que les principes fixes nous régissent, que nous sortions à jamais du provisoire, où la monarchie et sa fortune ont tout à perdre; que nous ne nous exposions pas à donner au monde le spectacle d'un gouvernement qui ne saurait pas le pouvoir, et d'un peuple qui ne saurait pas la liberté! Il est temps que nous ne livrions plus chaque jour nos destinées au hasard des orages, que nous ne prétendions pas marcher sur les tempêtes, imprudens imitateurs de celui qui n'a laissé des exemples à la terre que pour qu'ils fussent médités! Parmi tant d'expédiens que chaque jour voit naître, pourquoi faut-il que l'ordre légal soit la seule chose dont on ne s'avise pas d'essayer avec persévérance?

Quel député consentirait à décider de la fortune et de la vie de ses concitoyens, le jour où expirerait son mandat? Quelle autorité lierait le peuple à ses engagemens, lorsque la représentation nationale aurait trahi les siens? De toutes parts naîtraient les résistances. La liberté de la presse, armerait l'opinion publique : un même coup les frappera toutes deux. De la tribune nationale s'élanceraient encore des voix indépendantes : elles seront étouffées. L'élimination en fera justice. Alors seraient r'ouverts tous les trésors de l'arbitraire. Les emprisonnemens, les exils arriveraient en foule; une oligarchie à peu près parlementaire, règnerait comme toutes les factions règnent, avec la délation et la terreur. La force militaire serait appelée à son aide, instrument redoutable, qui briserait bientôt le pouvoir civil, et mettrait à la place d'une tyrannie réservée une oppression sanglante; certes alors rien ne répond que si la Royauté n'était pas assez puissante pour faire de nouveau un 5 septembre, le parti oppresseur, à force de refouler le parti national vers 1815, ne nous ramènerait pas jusqu'au 20 mars!

CHAPITRE VII.

Résultats.

Subversion de l'ordre constitutionnel.

Je ne puis échapper à cet avenir ; mes regards le trouvent toujours au bout de la nouvelle route que le pouvoir s'est tracée.

La proposition de la Couronne ne peut être adoptée, si les royalistes dissidens ne lui consacrent l'intervention de leur suffrage. Cette alliance ne sera pas gratuite ; le parti exigera un pacte avec des garanties , et le pouvoir lui sera bientôt livré, parce qu'il en est des maux comme des biens ; ils s'engendrent entre eux : de l'affranchissement des journaux, naissait l'amélioration du jury et du régime municipal ; d'une altération quelconque dans les bases du système représentatif, jailliront la censure et les cours prévôtales.

Mais si les conditions offertes à ce parti n'étaient pas acceptées, si sa politique, habilement vindicative, secondait l'opposition constitutionnelle dans le rejet des propositions royales, ne peut-il pas arriver que le pouvoir, persévérant dans ses nouvelles vues, ne croie devoir, au salut de l'État même, de recourir à la violence, et de s'aventurer dans un de ces essais de monarchie absolue qui ne manquent jamais de séduire les dépositaires d'un grand pouvoir.

J'insiste sur ces tentations de despotisme, parce qu'un exemple récent, au lieu de décourager les hommes d'État de nos jours, semble les avoir enhardis à entrer dans des voies périlleuses : parce que la force étant quelque chose qui frappe les ames, la force matérielle paraît plus facile et plus sûre à diriger que les puissances morales ; parce que enfin il se prépare de telles circonstances, que le pouvoir soit réduit à essayer de cet expédient, aussi bien que de tout autre.

Peut-être même, qu'une fois hors du terrain de la légalité, il est mieux d'arriver par un grand effort à l'extrême où l'on doit se placer plus tard ; la résistance n'a pas le temps de naître, ni les craintes celui de grandir. Le peuple sait tout d'abord ce qu'il doit attendre ; son imagination cesse de se créer des monstres ; et comme le repos est le premier besoin d'un empire où l'état social vaut mieux que l'état politique, beaucoup cherchent des motifs d'espérance comme excuses d'une soumission intéressée ; et si le régime, au lieu d'être réactionnaire, est conservateur et paternel ; si le joug, au lieu de peser sur les personnes et de menacer les intérêts, n'opprime que les principes, il peut se faire que beaucoup de têtes s'y plient, que beaucoup d'esprits s'y accoutument.

Toutefois, j'espère que le despotisme n'est plus possible parmi nous. Il l'a été à une époque où tous les intérêts avaient besoin d'une sauve-garde, où un seul homme préservait les chaumières de la spoliation et les châteaux de l'incendie, où le même homme était, jusqu'à un certain point, la révolution pour les uns, et jusqu'à un certain point aussi, la restauration pour les autres, où enfin, le pouvoir souverain se trouvait être la sécurité de tous. Loin de là, tout le monde aujourd'hui se révolterait contre une autorité qui ne serait la défense ni l'espoir de personne. L'aristocratie craindrait, à l'égal de la nouvelle France, et probablement que le seul résultat d'une semblable tentative serait de rendre aux partis leurs couleurs et leurs armes. Nous n'avons maintenant que des constitutionnels et des non conformistes. Nous serions divisés de nouveau en royalistes, républicains, buonapartistes, modérés, en autant de factions qu'il y aurait de ressources compactes, et d'espérances subversives.

CHAPITRE VIII.

Conclusion.

Devoir du Ministère. — Devoir des Chambres.

S'il est vrai que le système nouveau conduise la France à la subversion de l'ordre constitutionnel, et par cela même la monarchie à sa perte, que fera la couronne, que feront les Chambres ; quelles voies seront essayées pour le salut de la patrie ?

Ce serait une témérité coupable, que de s'attacher opiniâtrément à une politique désespérée. Il est une résolution, hardiesse d'esprit, comme l'appelle le cardinal de Retz, qui affronte les périls nécessaires ; ne la confondons pas avec la hardiesse qui court aveuglément à des périls inutiles, à des périls sans espérance et sans gloire. L'une peut sauver les Etats. Hasardeuse comme l'impéritie, et funeste comme la faiblesse, l'autre doit les perdre : mais elle ne sera point l'arbitre de nos destinées.

Ici la grande objection, que la couronne ne saurait rétrograder. Sans doute, car elle ne s'aventure jamais ; car elle est immuable dans une sphère placée au-dessus des mécontentemens de l'opinion et des fautes du pouvoir. Pour être compromise, il faudrait qu'elle se fût d'abord dépouillée.

Le Roi, fondateur auguste du gouvernement représentatif, a le sentiment le plus magnanime comme le plus éclairé de la dignité de son ouvrage. Le Roi sait qu'en nous donnant des institutions libres, sa sagesse a appelé l'opinion publique dans ses conseils, et régularisé l'intervention du peuple dans les actes de l'autorité royale. Aussi, quand, du haut de sa prévoyance, le monarque juge que des changemens au pacte constitutionnel peuvent être devenus nécessaires, sa volonté ne les décrète pas ; sa confiance les *propose*.

Or, *proposer* ce n'est pas vouloir. C'est nous livrer des méditations augustes, sur une œuvre devenue notre propriété, devenue le patrimoine de nos neveux. Peut-être même serait-il vrai, jusqu'à un certain point, de dire que ce n'est pas le Roi de France qui a parlé, mais un sage, mais Solon, mais Numa, mais le législateur qui a pu donner la Charte, alors que la fortune de la France avait placé la dictature dans ses mains, et qui, revêtu aujourd'hui de la Royauté constitutionnelle, ne peut plus seul la réformer? Est-ce abaisser la Majesté royale, de reconnaître en elle un rapport de plus avec la majesté du Dieu dont on a pu dire qu'il obéit toujours à ce qu'il a une fois voulu?

Sans recourir à la fiction légale de nos voisins qui, dans le discours de la couronne, ne voient que la pensée du Conseil, parce que le Roi lui-même est pour eux une sorte d'abstraction politique; les Chambres, en n'adoptant pas les propositions annoncées, ne lutteront point contre la volonté du prince. La preuve que les paroles royales contiennent une opinion plutôt qu'une volonté, c'est, d'abord, que la volonté serait inconstitutionnelle; c'est aussi, qu'elle risquerait d'être impuissante.

Comment croire, en effet, que la dignité du trône eût été imprudemment aventurée par les dépositaires, c'est-à-dire, les défenseurs de ses prérogatives, et livrée au hasard de toutes les combinaisons d'une majorité incertaine et flottante? Certainement, s'il arrivait que quelque jour un roi de France voulût annoncer du haut du trône des intentions qui ne fussent pas très-positivement conformes à l'esprit des Chambres, c'est-à-dire, qui pussent manquer de leurs suffrages, le Conseil du Prince descendrait du pouvoir, pour ne pas encourir la responsabilité de laisser la Majesté Royale se commettre avec les chances d'un énergique dissentiment.

Le sophisme serait donc de dire que le gouvernement a fait un grand pas, que les amis de la royauté doivent se rallier à elle pour qu'elle ne soit pas repoussée sur le terrain qu'elle abandonne. Qu'un homme soit attaqué à main armée, ses amis volent à sa défense et lui font un rempart de leur propre corps; au contraire, s'il court à un abîme, ils l'avertissent et l'arrêtent; s'il y tombe, le dévouement peut l'y suivre, mais sans s'être fait complice de la chute. Certes, que le Roi descende jusqu'à donner un ordre à un citoyen, je ne crois pas qu'il en fût un parmi nous, qui ne s'inclinât, avec le respect du vieux temps, devant l'expression de la volonté royale. Mais un mandataire de l'opinion publique a des devoirs dont il dépend toujours; il n'a point le droit de s'abstenir ou de faire. Il doit compte de tous ses votes; il en doit compte à sa patrie aussi bien qu'à sa conscience.

Le Roi sait que nul Français ne prétend déroger au culte de vénération qui lui est dû. Le Roi sait que toute opposition est un hommage; car c'est de lui, de sa sagesse, que toutes nos institutions émanent. La France lui tient compte de tous les sacrifices qu'une haute philosophie a obtenus de sa grandeur d'ame. Le Prince qui, près de ses soixante ans, a pu se séparer de ses affections, de ses habitudes, de ses souvenirs; celui qui, oubliant ses tristes destinées et ne songeant qu'aux nôtres, a dit notre gloire, nos revers, notre indépendance; celui qui, répudiant les traditions de sa famille, a su comprendre qu'un fils de Louis XIV devait régner par la liberté dans cette France, où, la veille, un potentat parvenu régnait par la servitude : ce Prince a droit à d'éternels hommages ; et s'il était possible qu'il arrivât à sa sagesse de se méprendre sur la situation de son peuple, jusqu'à compromettre, par une erreur momentanée, l'avenir de son noble ouvrage, le blâme ne s'élèverait pas jusqu'à lui : il n'y a que la reconnaissance nationale qui puisse monter si haut.

Remarquons avec confiance que les paroles royales n'interdisent pas au ministère la faculté de soumettre aux Chambres une loi qui établisse, ainsi que je l'ai montré nécessaire, comment la Charte peut être revisée ; le Roi ne s'est pas expliqué sur le temps ni sur le mode de la proposition que ses ministres doivent faire.

Le Roi n'a voulu autre chose qu'interroger l'opinion de ses peuples : il placera son gouvernement au milieu de la majorité constitutionnelle, conséquent à sa volonté magnanime d'avoir, sur toutes choses, un gouvernement populaire. L'an dernier, il ne crut pas manquer à la Majesté Royale, en donnant à la session une impulsion toute autre que le discours de la Couronne ne l'avait annoncée. La France a, comme alors, besoin d'une politique généreuse: le vœu de la France sera exaucé, et la monarchie constitutionnelle se rétablira sur ses bases, affermie par cela seul qu'elle n'aura pas pu être ébranlée.

Plus haut que jamais doivent se prononcer ceux des défenseurs de la Charte qui ont donné à la maison de Bourbon des gages de fidélité, qui l'ont soutenue dans l'ébranlement du 20 mars, qui se sont offerts à mourir pour sa cause. Il importe que l'opposition nationale soit à l'abri de la calomnie, que les ministres, que le Roi, que l'Europe ne puissent pas se méprendre, qu'on sache bien que la cause de la liberté est défendue sans arrière-pensée factieuse.

Que le nom de factieux, dont au reste, il est peu français, peu royaliste d'être prodigue, n'épouvante pas les hommes consciencieux qui mesurent la grandeur du péril. Il faut sauver la monarchie constitutionnelle; il faut éviter qu'elle tombe aux mains de ceux par qui l'Etat resterait sans lois et sans frontières, de ceux dont la domination livrerait la France à l'Europe jalouse, comme le congrès de Carlsbad a livré peut-être l'Allemagne aux convoitises de la Russie. Prenons-y garde! cette Europe est autour de nous, qui nous contemple; craignons de créer des chances qui recommenceraient nos désordres civils, et apprêteraient aux puissances européennes un lendemain de Vaterloo.

La France et son Roi ont une grande tâche à remplir. La liberté est partout opprimée. Que la liberté trouve parmi nous l'appui que le monde lui refuse! qu'elle contracte une immortelle alliance avec le peuple qui fut trente ans si cher à la victoire, sous les auspices d'une dynastie qui a travaillé huit cents ans à affranchir les communes! Que tous les peuples tournent vers nous leurs regards, enviant aujourd'hui nos destinées, comme ils les ont admirées naguère! A défaut de la domination dont un jour nous a dépossédés, régnons sur l'Europe, par l'ascendant des lumières, par la philosophie des lois, par l'autorité de la civilisation! Mettons-nous à la tête du genre humain, pour sauver ses conquêtes, défendre ses droits, assurer son avenir. La Charte, maîtrisant tous les États par l'empire d'un magnanime exemple, aura commencé pour tous les peuples l'ère de la liberté : il était digne d'elle, de son auguste auteur et de nous, qu'elle fût quelque chose de mieux que le pacte de nos réconciliations domestiques ; la Charte aura été le plaidoyer de la raison humaine.

FIN.

TABLE.

FIN DE LA TABLE.

www.ingramcontent.com/pod-product-compliance
Ingram Content Group UK Ltd.
Pitfield, Milton Keynes, MK11 3LW, UK
UKHW022135260726
13993UKWH00003B/1444